호소카와 텐텐 글·그림

1969년 사이타마현에서 태어났어요. 만화가이자 일러스트레이터예요. 대표작인 만화 에세이 《남편이 우울증에 걸렸어요》는 영화와 드라마로 만들어졌어요. 〈남편 파파〉 시리즈, 정신과 전문의와 함께 지은 〈이대로 괜찮습니다〉 시리즈를 비롯해 《나를 돌보는 책》, 《이구아나 아내》, 《사는 게 힘들었나요?》 들을 썼고, 어린이책 《정전☆주의보》, 《푸디푸디푸딩 공주》 들에 그림을 그렸어요.

고향옥 옮김

대학과 대학원에서 일본문학을 공부하고, 일본 나고야 대학교에서 일본어와 일본 문화를 공부했어요. 《민담의 심층》, 《아포리아, 내일의 바람》, 《있으려나 서점》, 《아빠가 되었습니다만.》, 《나는 입으로 걷는다》, 《컬러풀》, 《일러스트 창가의 토토》, 《핀란드 교육 현장 보고서》, 《카페 레인보우》, 《진짜 가족》 들을 비롯해 많은 어린이책과 청소년문학, 문학책을 우리말로 옮겼어요. 《러브레터야, 부탁해》로 2016년 국제아동청소년도서협의회(IBBY) 아너리스트 번역 부문에 선정되었어요.

TENKO'S SCHOOL LIFE

Text copyright © 2023 by Tentenkikaku

Illustrations copyright © 2023 by Tentenkikaku

First published in Japan in 2023 by Fukuinkan Shoten Publishers, Inc., Tokyo

Korean translation rights arranged with Fukuinkan Shoten Publishers, Inc.

through Shinwon Agency Co., Ltd.

어떡해, 어떡해,
학교는 처음인데

글 유설화 그림 유설화 | 옮김 유설화

책 읽는 곰

좋은 아침이에요.

하늘은 구름 한 점 없이 맑아요.
하지만 코코 주위에는 걱정 구름이
잔뜩 떠 있어요.

'오늘부터 다닐 학교는 어떤 곳일까?
친구들과 사이좋게 지낼 수 있을까?'

좋아하는 게 뭐야?   7

바삭바삭 도시락   27

무얼 보고 있어?   45

무얼 기다려?   63

소풍은 두근두근   75

코코

- 처음 하는 일에 무척 서툴러요.
- 좋아하는 음식은 떡.
- 혼자서 소꿉놀이하는 걸 좋아해요.

좋아하는 게
뭐야?

여기는 코코가 다닐 기쁨 초등학교예요.

담임인 시로 선생님이에요.

"지금부터 자기소개를
할 거예요.
이름과 좋아하는 것을
말해 주세요."

선생님은 과자를 먹으면서
클래식 음악을
듣는 걸 좋아해요.

나는
멀 좋아하지!?

출석 번호 순서대로 이야기한대요.
맨 먼저 1번 아이가 나왔어요.

나는 모모임.
숫자와 전철을 좋아함.
둘 다 보고 또 봐도 질리지 않음.

다음은 2번 아이가 나왔어요.

나는 나나다냥.
구석에 가만히 있는 걸 좋아한다냥.
느긋하게 햇볕을 쬐는 것도 좋다냥.

코코는 가슴이 마구 뛰었어요.

으으,
어떡해.

빨리 무엇이든
생각해야 해.
이제 곧
내 차례야!

3번

나는 미미예요!
춤추는 걸 정말 좋아해요.
그래서 발레리나가
되고 싶어요.

4번

어……
……라라예요.
어……
……꽃이랑 새랑 동물을
보는 걸 좋아해요.

5번, 코코 차례예요.

코코는 머리를 열심히 쥐어짰어요.
하지만 도무지 좋아하는 것이 떠오르지 않아요.
"어떡해, 어떡해."

친구들이 다
나를 보고 있어.
뭐라도 말해야
하는데.

빨리,
빨리.

아무 생각도
안 나.

그러자……

코코 머릿속에 '어떡해 유령'이 나타났어요.

코코가 두근두근 긴장하면 나타나는 유령이지요.

코코는 저도 모르게
벌떡 일어나 창가로
달려갔어요.
그러고는 커튼 속에
쏙 숨어 버렸지요.
코코는 그만 울고
싶어졌어요.

그때······

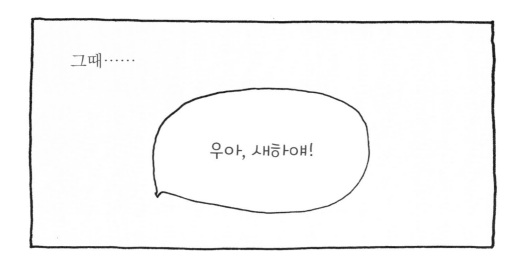

우아, 새하얘!

커튼 밖에서 목소리가 들려왔어요.

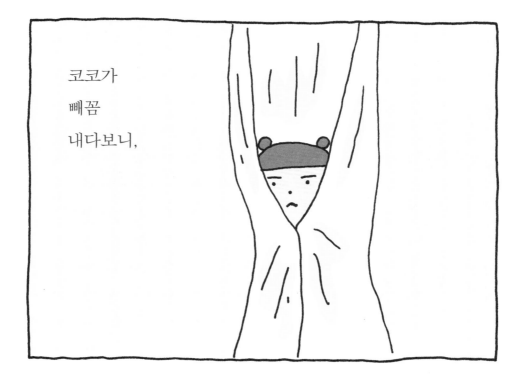

코코가
빼꼼
내다보니,

다른 친구들도 차례차례 커튼을
몸에 휘감기 시작했어요.

"커튼에서 해님 냄새가 난다냥.
마음이 편안하다냥."

나나

"헤헤, 하늘하늘 드레스다!
꼭 공주님이 된 것 같아."

"이거 봐. 새야."

라라

"이히히! 빙글빙글 도니까
되게 재미있다!"

유유

"나는 여기서
가만히 생각하고 싶어."

치치

"커튼으로 몸을 폭 감싸면……
마음도 포근해."

포포

"갑자기 커튼 놀이라니!
큭큭, 재미있다!"

샤샤

"저는 그런 이상한 짓
하지 않겠습니다."

도도

코코는 어쩐지 웃음이 나왔어요.

다들
뭐 하는
거야.

아,
생각났다!

슈ㅡ웅

쿡
쿡

5번

저는 코코예요.
이불을 둘둘 말고 있는 걸
좋아해요.

자, 여러분,
자리에 앉으세요.

자기소개를
계속해 볼까요?

6번

나는 유유!
운동을 아주 좋아해.
달리기든 수영이든
못 하는 게 없지!

7번

나는 치치라고 해.
혼자서 조용히 수수께끼 놀이
하는 걸 좋아해.
혹시 내가 멍하니 있어도
신경 쓰지 말아 줘.

8번

포……포포……입니다.
옛이야기 들려주는 걸……
좋아합니다.

옛날 옛적 어느 집
다락방에 쥐 한 마리가
살고 있었대.
요놈의 쥐가 얼마나
크던지….

핵

9번

난 샤샤라고 해!
수다 떠는 걸 좋아하고,
모험도 아주 좋아해.
너희랑 사이좋게 지내고 싶어!

10번

저는 도도라고 합니다.
오래된 것들과 역사를
좋아합니다.

긴장되는군….

"지금부터 다 같이 즐겁게 공부해 봐요."
시로 선생님이 말했어요.
코코는 생각했어요.
'이런 학교라면 내일부터는 괜찮겠어.'

당번

모모

- 숫자와 전철을 좋아해요.
- 시간을 잘 지켜요.
- 좋아하는 음식은 젤리예요.

나나

- 무엇이든지 느긋하게, 천천히 해요.
- 동그란 것을 아주 좋아해요.
- 좋아하는 음식은 빵.

미미

- 음악에 맞추어 몸을 움직이는 것을 좋아해요.
- 좋아하는 음식은 초콜릿이에요.

바삭바삭
도시락

코코네 학교는 점심시간에 도시락을 먹어요.

코코는 흰밥을 싫어해서
맛가루와 김 가루를 듬뿍 뿌린 밥을 싸 가요.
밥과 밥 사이에도 맛가루와 김 가루가 듬뿍 들어간
푸짐한 2단 도시락이에요.

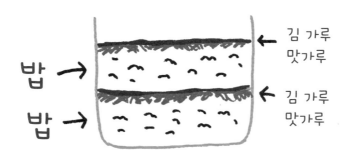

반찬은 감자, 호박, 연근, 고구마 같은 채소 구이예요.

코코는 채소라면 딱 질색이지만

기름에 바삭하게 구우면 한결 낫거든요.

거기에 고기와 생선도 곁들여요.

코코가 진짜 좋아하는 달콤한 달걀말이도

빼놓을 수 없지요.

바삭바삭
구운 채소

달걀말이

오늘은
햄버그스테이크

김 가루를 듬뿍 뿌린
2단 도시락

코코 도시락은 엄마와 아빠가 번갈아 가며 싸 줘요.

엄마랑 아빠는 늘 물어요.

"맨날 똑같은 반찬을 싸 가도 괜찮니?"

코코는 씩씩하게 대답하지요.

"저는 이게 제일 좋아요!"

점심시간이 되었어요.
"잘 먹겠습니다."
오늘은 둥그렇게 둘러앉아 도시락을 먹기로 했어요.
친구들 도시락이 한눈에 들어와요.

코코는 조금 풀이 죽었어요.
'친구들 도시락은 다 예쁘네……'

나나

모모

미미

라라

치치

유유

포포

샤샤

도도

시로 선생님

코코

내 도시락은
갈색이라
안 예쁜데….

코코는 갑자기 부끄러워졌어요.

라라가 물었어요.

"무슨 일이야, 코코?"

모두가 코코를 보고 있어요.

어떡해.
어떡하지.

코코 머릿속에
또 '어떡해 유령'이
나타났어요.

아아, '어떡해!'라는
말만 떠올라요.

바로 그때,

코코 배에서 소리가 났어요.

"우하하하! 에이, 뭐야. 배가 너무 고팠던 거야?

자, 얼른 도시락 먹자."

"그래, 먹자, 먹어."

"잘 먹겠습니다아."

모두 도시락을 먹기 시작했어요.

코코도 살그머니 도시락 뚜껑을 열었어요.
좋아하는 김과 달걀말이 냄새가 났어요.
하지만 예쁘지는 않았어요.

그때 샤샤 눈이 휘둥그레졌어요.
"우아, 코코 도시락 맛있겠다!"
"어?"
코코는 깜짝 놀랐어요.

나는 바비큐를 좋아해서
바삭바삭 구운 게 좋아!
하지만 내 도시락은
삶고 조린 반찬이 많아.
엄마가 좋아하는 반찬이거든.

샤샤

으음, 나는 생채소가 싫음.
그렇게 바삭바삭 구워 주면
먹을 수 있을 듯.

모모

김이랑 맛가루가
올라간 밥, 맛있겠다!

유유

우리 엄마는 하루에 음식을
30가지나 먹으래.
발레리나가 되려면 식사에
신경 써야 한다나.

미미

땅콩버터

바나나

치치

나는 땅콩버터랑 바나나
샌드위치가 좋은데.
내 도시락은 맨날
주먹밥이야.

내가 좋아하는
동그란 반찬으로 가득한
도시락이라 기쁘다냥.

나나

내 도시락은
할아버지가 싸 주셔.
우리 할아버지는 내 도시락을
쌀 때가 가장 행복하대.

재미난 옛이야기도
할아버지한테 배웠어.

포포

도도

저, 저는 배탈이 잘 나서
제 도시락에는 소화가 잘되는
음식만 들었습니다.

으음…….
도시락은 맛있는데
양이 너무 많아…….
엄마가 속상할까 봐
말도 못 하고…….

라라

친구들의 이야기를 들은 코코는
용기를 내어 말했어요.

내 도시락은 내가 좋아하는
것만 넣었더니 갈색이 되었어.

"코코는 좋겠다. 도시락에 좋아하는 것만 가득하잖아.

아, 부러워."

샤샤가 말했어요.

"선생님은 여러분 모두가 부러워요.

나는 직접 도시락을 싸야 한답니다."

시로 선생님이 웃으며 말했지요.

그러고는 커다란 햄버거를 우걱우걱 먹었어요.

아이들에게는 시로 선생님의 도시락이 가장 맛있어 보였어요.

라라

- 조용히 경치를 바라보는 것을 좋아해요.
- 날개를 달고 있으면 마음이 편안해져요.
- 좋아하는 과자는 마시멜로예요.

유유

- 가만히 있지 못해요.
- 언제나 기운차고 적극적이에요.
- 돈가스라면 얼마든지 먹을 수 있어요.
  (고기를 먹으면 힘이 불끈 나거든요.)

치치

- 늘 생각에 골똘히 빠져 있어요.
- 수수께끼라면 사족을 못 쓰지요.
- 좋아하는 과일은 바나나예요.

무얼
보고 있어?

쉬는 시간이에요.

코코는 교실 창문으로 하늘을 바라보고 있어요.

코코는 하늘을 보면 마음이 편안해져요.

우아,
여기에서 보니까
하늘이 진짜 크다!

하늘은 언제 어디에 있든….

날이 맑아도 흐려도 비가 와도
아침에도 점심에도 저녁에도
올려다보면 늘 그 자리에 있어.

그리고

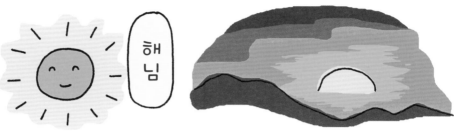

해
님

세상을 밝게 비추어 줘.

해님이 넘어갈 때 하늘빛이 참 좋아.

구
름

온갖 모양이 있어.

비행기구름

뭉게구름

달님

동그래졌나 싶으면 조금씩 모양을
바꾸어 처음으로 돌아가 버려.

별똥별

갑자기 예쁜 꼬리를 끌며
나타나는 별.

별님

어떻게 반짝반짝
빛나는 걸까?
신기해.

무지개

하늘에는 두근두근
설레는 것들이 가득해.

모모가 코코 옆으로 왔어요.
"여기서 보이는 경치, 참 좋은 듯."
코코는 기뻤어요.
모모도 하늘을 좋아하는 것 같아서요.

"여기서는 댕댕 전철이 보임."

코코는 여기서 전철이 보이는 줄도 몰랐어요.

이번에는 나나가 코코 옆으로 왔어요.

빵 굽는
냄새가
난다냥.

코코는 빵 냄새가 나는 줄도 몰랐어요.

"정말이네. 아, 좋은 냄새."

"포그니 빵집의 빵 냄새다냥. 맛있겠다."

다음으로 미미가 왔어요.

만약,
마법사가 되어서
이 마을을 과자 마을로
만들 수 있다고 해 봐.
그럼 학교는 어떤 과자로
만들 거야?

웨하스가
좋겠어.

창문은 →
초콜릿

이번에는 라라가 왔어요.

어어…
저기 지붕에서
고양이가 낮잠을
자고 있네.
귀여워.

아, 정말이네.
기분이
좋아 보여.

치치도 왔어요.

다음으로 포포가 왔어요.

샤샤도 왔어요.

이번에는 도도예요.

아주아주 옛날,
이 마을에 오베론사우루스라는
공룡이 살았다네.
그 화석이 아마
저 근처에서 발견됐다지.

그 화석,
한번 보고 싶어.

코코는 혼자서 생각했어요.
'저마다 다른 것을 보네. 재미있어!
다음에는 나도 말해야지.
하늘을 보는 것도 재미있다고.'

포포

- 옛이야기 중에서도 〈혹부리 영감〉을 좋아해요.
- 좋아하는 음식은 찐빵이에요.

샤샤

- 언젠가 모험을 떠나서 용 같은 걸 보는 게 꿈이에요.
- 좋아하는 과자는 뻥튀기예요.

도도

- 역사를 좋아해요.
- 오래된 것만 보면 설레요.
- 좋아하는 음식은 오므라이스예요.

무얼
기다려?

학교 현관에
코코가 앉아 있어요.

복도에서는
조용히

마침 지나가던
미미가 물었어요.

왜
여기에
앉아 있어?

코코가 대답했어요.

기다리고
있어.

아, 기다리고
있구나.

미미가 다시 걷기 시작하자, 라라가 다가와 물었어요.

어, 코코는
왜 저기에
앉아 있는 거야?

미미가 대답했어요.

"기다리고 있대."

라라가 다시 물었지요.

"누구를 기다린대?"

미미는 고개를 갸웃거렸어요.

"그러게, 누구를 기다리는 걸까?"

그때 치치가 와서 물었어요.

그때 유유가 왔어요.

그 말을 들은 포포가 뛰어왔어요.

그때 마침 모모가 나타났어요.

나나는 금방이라도 울음을
터뜨릴 것 같았어요.

나나의 말을 들은 샤샤가 말했지요.

도도가 그 말을 듣고 코코에게
다가가 위로해 주었어요.
"외국에 가도 영상 통화를 할 수 있다네.
너무 슬퍼하지 마시게."

코코가 물었어요.

"영상 통화라니 무슨 말이야?"

"갑자기 외국으로 이사 가게 됐잖은가?"

"어, 어, 그게 무슨 소리야?

나는 그냥 기다리는 건데."

"무얼 기다린다는 겐가?"

딩-동-댕-동

그때, 종이 울렸어요.
"이번 시간은 체육이야.
운동장으로 나가자!"
코코는 운동화로 갈아 신고 힘차게
운동장으로 뛰어나갔어요.

소풍은
두근두근

내일은 소풍 가는 날이에요.

'빠뜨린 건 없을까?
친구들이랑 재미있게 놀 수 있을까?'
코코는 이런저런 걱정 때문에 잠이 오지 않아요.

코코는 자리에서 일어나
커튼을 열었어요.

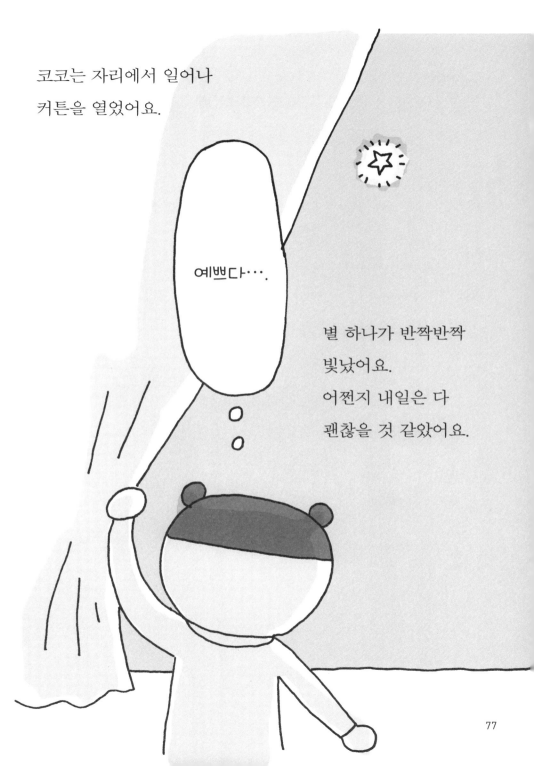

예쁘다….

별 하나가 반짝반짝
빛났어요.
어쩐지 내일은 다
괜찮을 것 같았어요.

다음 날 아침은 날씨가 아주 좋았어요.

코코가 집합 장소에 가자 친구들이 벌써 모여 있었어요.

여러분,
오늘은 기쁨산에
갈 거예요.

기쁨호라는
전철이 있음.

산 위에서
조용히
쉬고 싶다냥.

숲속에는
틀림없이 요정이
있을 거야.

산기슭까지는 버스로 갈 거예요.

버스는 가파른 언덕길을 낑낑거리며 올라갔어요.

귓속이 윙 울렸어요.

기쁨 7동 정류장에서 모두 버스에서 내렸어요.

코코와 친구들은 버스
정류장에서부터 한 줄로
서서 길가로 걸어갔어요.
"여기가 등산로 입구예요."
시로 선생님이 멈춰 서서
손으로 가리켰어요.

무언가
있을 거야,
꼭!

이런!

냐앙~

어디가?

자, 출발!

좋았어!

불안하도다…

???

앗!

헉!

벌써 수수께끼가?

숲속은
어두컴컴하고

바닥은 울퉁불퉁해서
걷기 힘들어.

풀과 나무 냄새일까?
평소와는 다른 냄새가 나.
너무 조용해서…….

어쩐지
무서워.

넘어지면 어떡해.
길을 잃고 혼자 헤매면 어떡해.
유령이 나오면 어떡해.

그러자……
코코 머릿속에 '어떡해 유령'이
나타났어요.

불렀니이?

어떡해

게다가 갑자기 비까지 내리기
시작했어요.

으으, 진짜 어떡해!

그때예요.

코코!

뒤에서 도도가 불렀어요.
"내가 조금 무서워졌다네.
손을 잡아도 되겠는가?"
코코는 도도와 손을
맞잡았어요.

"나도 무서워……. 요정이 아니라
유령이 나올 거 같아. 손 잡아도 될까?"
미미도 손을 잡았어요.
"나도 길을 잃을까 봐 무서워."
치치도 손을 잡았지요.

그걸 본 샤샤가 말했지요.

"아이참, 뭐가 무섭다고 그래. 이런 게 바로
모험이지! 다들 나를 따라와."

샤샤는 친구들을 끌고 가려고 손을 잡았어요.

그러자,

"나도 손잡고 싶음."

"나도 잡고 싶다냥."

"나도 잡아 주지!"

"나도 잡을래."

"손에 손을 잡았으니 전쟁이 나도
끄떡없다네."

옛날에
전쟁에
쓰던 무기

비는 곧 그쳤어요.

손을 놓아도
이상하게 하나도
무섭지 않았어요.

여러분,
우리 다시 한 줄로
서서 가 볼까요?

모두 한 줄로 서서 시로 선생님을
따라 산을 올라갔어요.

어두컴컴한 숲이 점점
밝아지면서 나뭇잎 사이로
햇빛이 반짝반짝 빛났어요.

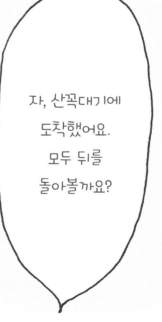

자, 산꼭대기에
도착했어요.
모두 뒤를
돌아볼까요?

그러자 코코와 친구들이 사는
마을이 한눈에 들어왔어요.

저 멀리까지요.

모두 싱글벙글 웃고 있어요.
땀방울이 반짝반짝 빛나요.

은곰자리 저학년 002

어떡해, 어떡해,
학교는 처음인데

초판 1쇄 인쇄 2025년 1월 22일 • 초판 1쇄 발행 2025년 2월 12일
ISBN 979-11-5836-516-5, 979-11-5836-493-9(세트)

펴낸이 임선희 • 펴낸곳 ㈜책읽는곰 • 출판등록 제2017-000301호
주소 서울시 마포구 성지길 48 • 전화 02-332-2672~3 • 팩스 02-338-2672 • 홈페이지 www.bearbooks.co.kr
전자우편 bear@bearbooks.co.kr • SNS Instagram@bearbooks_publishers

책임 편집 윤주영 • 책임 디자인 디자인서가
편집 우지영, 우진영, 이다정, 최아라, 박혜진, 김다예, 도아라, 홍은채 • 디자인 김은지, 윤금비
마케팅 정승호, 배현석, 김선아, 이서윤, 백경희 • 경영관리 고성림, 이민종 • 저작권 민유리
협력 업체 이피에스, 두성피앤엘, 월드페이퍼, 원방드라이보드, 해인문화사, 으뜸래핑, 문화유통북스

 KC마크는 이 제품이 공통안전기준에 적합하였음을 의미합니다.
제조국 : 대한민국 | 사용 연령 : 3세 이상
책 모서리에 부딪히거나 종이에 베이지 않도록 주의해 주세요.